ODE

A SA MAJESTÉ

L'EMPEREUR NAPOLÉON,

ROI D'ITALIE;

Par M. EUSTACHE Fils,

Notaire impérial à Lonjumeau (*Seine et Oise*).

A PARIS,

DE L'IMPRIMERIE DE HENEE ET DUMAS.

M. D. CCC. VII.

ODE

A S. M. L'EMPEREUR.

Devant les modernes prodiges,
Des hauts-faits l'antique splendeur
Offre d'une ombre les vestiges
Fuyant devant l'astre vainqueur :
Au bruit de ces rares merveilles,
O muse ! il faut que tu t'éveilles !
Médite les sons les plus beaux.
Mais que vois—je ? ta voix contrainte
N'ose, captive de la crainte,
Chanter le plus grand des héros.

Arrête un essor téméraire,
Faible mortel, débile enfant !
Et vois cette immense carrière,
Que craignent les pas du géant :
Contemple aux confins le Permesse,
Dont le front, s'élevant sans cesse,
Est toujours plus voisin des cieux ;
C'est là que jaillit l'Hipocrène ;
C'est là qu'un fol espoir entraîne
Tes pas vainement orgueilleux.

Loin de moi le conseil stérile
D'une osive timidité !
Je veux , plein du sujet fertile
Dont brûle mon cœur transporté ;
Je veux , dans la plus noble audace,
Voler au sommet du Parnasse.
O dieu , des vers ! pour t'invoquer
C'est là, qu'en mon ardent délire ,
T'empruntant l'immortelle lyre ,
Devant toi je vais préluder.

Mais quel souffle inconnu m'enlève ?
Où suis-je ? oh! qui frappe mes yeux ?
Un dieu plein de grandeur s'élève
Au-dessus d'innombrablrs dieux :
Roi puissant du sacré domaine,
Il a, par son ordre suprême ,
Convoqué la divine cour.
Il parle........ un auguste silence
Domine sur l'enceinte immense
De ce magnifique séjour.

Contre l'heureuse destinée
D'un grand peuple chéri des dieux,
D'Alecto la rage obstinée
Signalait ses traits odieux :
A ses cris , la Révolte altière,
Et l'Ambition et la Guerre
Excitaient les coups de la Mort :
Thémis et la Piété sainte ,
Dont le crime a squillé l'enceinte ,
Pleurant , cherchaient un autre port.

Vers les demeures éternelles
Elles volent, tendant les bras :
Peux-tu plus long-tems, disent-elles,
Grand dieu! souffrir tant d'attentats ?
Hélas ! sous l'affreuse licence,
La vertu, l'aimable innocence,
L'honneur, l'amour sacré des loix,
Victimes des noirs artifices,
Voués aux plus cruels supplices,
Succombent sans force et sans voix.

≈≈≈≈≈≈≈≈≈

Calmez, ô mes filles chéries !
Calmez, leur dis-je, vos douleurs !
Mon bras, de leurs ligues impies,
Confondra les vaines fureurs.
Contemplez ce héros sublime,
Qu'un immense génie anime ;
Digne des hauts desseins d'un dieu :
Déjà sur son char de victoire
Il vole, annoncé par la Gloire ;
Son nom seul triomphe en tout lieu.

≈≈≈≈≈≈≈≈≈

C'est ce héros que je protége,
Et de qui mon cœur a fait choix,
Qui brisera le trône où siége
Le fier ennemi de vos loix.
Par quelle admirable alliance,
Sous l'égide de la Prudence,
Il embrasse des mêmes nœuds
La Valeur en exploits féconde,
La Sagesse calme et profonde,
Qu'étonnent leurs liens heureux !

Arrache ton voile funèbre,
O France ! et relève ton front ;
Ton sein renferme l'homme célèbre
Venu pour venger ton affront.
C'est moi, qui des foudres guerrières,
Contre des nations altières,
Arme son invincible bras.
Oh ! malgré leur jalouse rage,
Le bonheur sera ton partage;
Le leur, la honte et le trépas.

Habitans du séjour sublime,
Dieux, déesses, qui m'écoutez,
Ainsi je console et ranime
L'espoir de deux divinités ;
Et des plus fortunés présages,
De mon amour illustres gages,
J'entoure les jours du héros :
Mais toi, puissante Renommée !
Du soin de sa gloire animée,
Aux dieux raconte ses travaux.

Quel fait, dit soudain la Déesse,
Digne d'arrêter nos regards,
De l'oubli foulant l'ombre épaisse,
N'a resplendi de toutes parts ?
Tu le sais, fils heureux d'Alcmène,
Toi dont la valeur plus qu'humaine
Ceignit tant de lauriers fameux !
Achille, César, Alexandre,
Par moi, vainqueurs de votre cendre,
Vos traits vous élèvent aux dieux.

MON pouvoir, des siècles immenses,
Invincible, a franchi le cours ;
Qui pouvait à tant de puissances
Fixer des bornes de nos jours ?
Toi seul, des héros le modèle,
NAPOLÉON, toi que révèle
L'éclat de mille exploits divers,
Dont l'incomparable vaillance,
Dont la suprême intelligence
Captivent l'œil de l'univers.

MAIS, ô quelle affreuse tempête !
Quel spectacle rempli d'horreur !
Un monstre, de sa triple tête,
Vomit en tous lieux la terreur !
Je vois, sur son char sanguinaire,
Siéger à ses côtés la Guerre,
L'Envie et l'implacable Orgueil ;
La mort en dirige les rênes,
Et sur ses lèvres inhumaines
Les Ris naissent enfans du Deuil.

DÉJA sur le sol italique,
Du monstre les fiers étendards
Annoncent son cortége inique.
O prodiges ! de toutes parts,
Que de soldats, d'armes avides !
Que de cris, de feux homicides,
Partent élancés de son sein !
Dans l'immensité de la plaine,
La troupe se déploie à peine ;
Son œil nourrit l'altier dédain.

L'HORRIBLE signal du carnage
Trouble les airs épouvantés,
Et l'acier qu'aiguisa la rage,
Arme ses bras ensanglantés;
Les gouffres profonds du Ténare
Vomissent de leur sein barbare
La foudre et le fer redoutés;
Et dans leur funeste passage,
Le trépas, du plus fier courage
Renverse l'intrépidité.

OH ! qui de leurs fureurs guerrières
Repoussera les traits affreux ?
Tremblez, illustres adversaires,
Devant leurs bataillons nombreux !
Que dis-je ? un grand homme s'avance,
La Mort recule en sa présence,
Fuit et laisse échapper sa faux.
Bientôt leurs défaites sanglantes
Ont, de ses palmes triomphantes,
Accru les superbes rameaux.

EN VAIN des ombres infernales
L'hydre quatre fois renaissant,
Osa, de ses armes rivales,
Retremper l'horrible tranchant;
Et dans l'Europe, et dans l'Afrique,
Provoqua la valeur unique
D'un héros toujours triomphant :
Quatre fois son ire insolente
Trouva, pour prix de son attente,
L'ombre immobile du néant.

Lorsqu'au front du héros, Bellone,
De ses lauriers ceint le plus beau,
Et de sa splendeur l'environne......
Que vois-je? quel éclat nouveau?
Astrée! ô Déesse immortelle!
O Thémis! compagne fidelle!
Vous l'armez du sceptre fameux,
Et le trône montre à la terre,
L'illustre roi qu'elle révère,
Orné de tous les dons des cieux.

Mais moi, dans la noble entreprise
D'annoncer ses rares exploits,
Ai-je, au gré de mon ame éprise,
Assez du pouvoir de cent voix?
Malgré mes innombrables veilles,
Je vois que de tant de merveilles,
Les bruits éclatent plus nombreux.
Ah! cette fois la Renommée,
De trop de faiblesse alarmée,
Vole invoquer l'aide des dieux.

Alors, de son trône suprême,
Du sein de sa propre splendeur,
Le roi de l'Olympe lui-même
Parle en ces mots pleins de grandeur:
Depuis la naissance des âges,
Qui jamais, des terrestres plages,
Porté dans ce divin séjour,
Pour un plus étonnant message,
Vint, par un plus rare langage,
Surprendre et charmer tour-à-tour?

Soutenons de la Renommée
Les élans si dignes des dieux ;
Apollon, ta lyre enflammée
Rendra les sons les plus heureux !
Et vous, au chantre des merveilles ;
Muses, dans les plus douces veilles,
Consacrez vos tendres concerts ;
Que votre divine harmonie,
Pour jamais à la gloire unie,
Ravisse les peuples divers !

Et toi, Neptune, sur les ondes ;
Toi, Mars, dans les champs belliqueux ;
Dans vos bois, vos grottes profondes,
Dans vos jardins délicieux,
O Pan, Sylvains, Nymphes charmantes !
Sous les lauriers, par des fêtes brillantes,
Célébrez un nom si fameux !
Oh ! qu'à votre union touchante,
La noble ardeur qui nous enchante
Inspire les transports des cieux !

Moi, dont l'ambition rapide,
Dans son projet audacieux,
Tenta, de trop de gloire avide,
De s'élancer au mont fameux ;
Je sens que mon vol infidèle,
Ne peut de ta palme immortelle
Atteindre l'essor glorieux.
Prince, que je fus téméraire !
Pardonne, si, pour mieux te plaire,
Je laisse l'entreprise aux Dieux.

Toi, que l'Auguste diadême
Unit au plus illustre époux,
Dans le cœur d'un peuple qui t'aime,
Est ton empire le plus doux :
Si, sur le trône où Mars domine,
Vénus, par sa grace divine,
Captive notre œil enchanté,
Vénus aussi, par sa clémence,
Triomphant au sein de la France,
A conquis l'immortalité.

www.ingramcontent.com/pod-product-compliance
Lightning Source LLC
Chambersburg PA
CBHW061449170626
46811CB00005B/2434